Mord I Tivoli

Leif Pedersen

Politiinspektør Leif Anders Pedersen

Mord I Tivoli

Originaltitel: *Mord I Tivoli*
Originalsprog: *Dansk*
Oversætter: *Lisbeth Agerskov Christensen (Proofer)*
Omslagsillustration: © *2015, DRSC Designers*
Omslagsdesigner: © *2015, DRSC Designers*
Hjemmeside: *drscpublishers.dk*
E-mail: *drscpublishers@drscpublishers.eu*
Udgave: 1. udgave
Udgivelsessted: 2015

Indhold

Forord

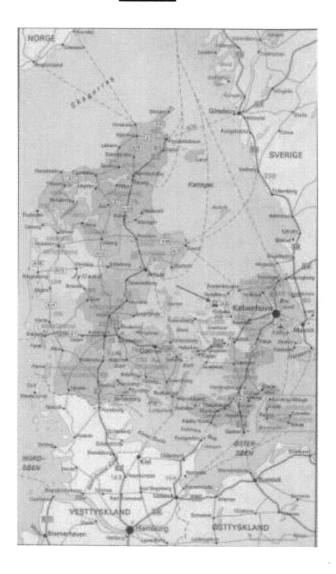

(OVERSIGTSKORT MED VEJAFSTANDE 1:250 000)

Kort taget fra "GYLDENDALS DANMARKS KORT ", skala 1:250 000 (i den pågældende bog, ikke i denne gengivelse), en bog udgivet i 1973 af Gyldendalske Boghandel, Nordisk Forlag A/S. ISBN 87 00 13391 4

Den røde pil er tilføjet af forfatteren for at vise Skamlebæks beliggenhed.

I dette forord vil jeg gerne præcisere nogle af detaljerne i denne historie.

Enhver, der har besøgt Danmark på et eller andet tidspunkt, som bor eller har boet i Danmark, og naturligvis danskerne selv, vil læse denne bog og uden nogen som helst problemer forstå alle henvisninger til byer, landsbyer og de forskellige småsamfund.

For dem, der ikke er bekendte med Danmarks geografi, er her en serie forklaringer:

1. *København* er Danmarks hovedstad. København ligger på Danmarks største ø. Man kan kommer dertil i bil, siden øen er forbundet med broer til Danmarks næststørste ø, *Fyn,* hvis største by hedder *Odense.* Man kan også rejse dertil med færge.

Siden først i dette århundrede er der en bro, *Øresundsbroen,* der forbinder Danmark med Sverige og gør det muligt at køre fra København til Malmø med bil eller tog på under tyve minutter (dog er det nødvendigt at betale broafgift). Denne bro nævnes ikke i denne historie, men det er alligevel interessant at vide.

2. *Holbæk* er en fiskerihavn, der ligger ud til *Holbæk Fjord,* en fjord, der er en del af den større *Isefjord.* Faktisk betragtes Holbæk ikke længere som en landsby, men i stedet som en by.

3. Omkring 20 kilometer nord for Holbæk og omkring 15 kilometer fra *Nykøbing* ligger *Skamlebæk.* Man kunne næsten kalde den en flække, da den blot består af nogle få landejendomme. Ikke langt derfra finder du en gade, der fører til en skrænt, hvor man kan gå ned ad en lille trappe til stranden nedenfor.

Skamlebæk kunne kaldes enten et beboelsesområde eller et ferieområde, og det er en del af *Vestsjællands Amtskommune*.

4. *Tivoli* er en berømt forlystelsespark, og den har været åben i mange, mange år. Parken nød i sin tid stor prestige og var meget berømt. Desværre er den trådt lidt i baggrunden, efterhånden som mange nye forlystelsesparker blev populære over hele Europa. Dog er parken gennem årene forblevet et populært rejsemål, og den besøges hvert år af mange tusindvis af turister, såvel som mange danskere. Parken er kun åben om sommeren. I denne historie nævnes en af parkens attraktioner, det lille tog. Bortset fra den rolle det spiller i denne opdigtede fortælling er det en virkelig attraktion i forlystelsesparken.

5. Danmark er medlem af den Europæiske Union, men er et af de få medlemslande, der har valgt at beholde sin egen valuta. Således adskiller den danske krone Danmark fra *Eurozonen*.

6. Danmark har ligesom andre skandinaviske lande en nazistisk fortid. En del af Danmark tilhørte tyskerne fra omkring 1860 til først i 1920'erne, og dette forklarer, hvorfor tysk har

været det næstmest almindeligt talte sprog i Danmark siden den tid, hvor Tyskland gav en del af *Slesvig* tilbage til Danmark.

I 1920 var Kong Christian X i stand til at rejse ind i det genvundne ómråde. I et maleri af Hans Nicolai Hansen i 1921, som er udstillet på **Nationalhistorisk Museum på Frederiksborg Slot**, et slot som rent faktisk ejes af Carlsberg Fonden (en fond ejet af Carlsberg, af J. C. Jacobsen), kan man se unge piger fra *Nordslesvig* (det genvundne område) give kongen et **Dannebrogsflag**.

Under krigen 1939-1945 var Danmark besat af Nazi-Tyskland, og den danske regering samarbejdede med dem. En del af Danmarks borgere delte samme ideologi og støttede dem – Men en anden og meget stor del af borgerne var imod disse ideer. Dette affødte den danske modstandsbevægelse, som ikke var velorganiseret og derfor ikke er almindeligt kendt i resten af verden.

Leif Pedersen

*(Billede fra en brochure fra **Nationalhistorisk Museum** på **Frederiksborg Slot**, ISBN 87-87237-53-9)*

1. kapitel

Det kan simpelthen ikke passe! Nej! I går sad jeg hjemme i feriehuset i Skamlebæk, og i dag er jeg i Tivoli. To dage før jul! Tager mordere aldrig fri, så de kan fejre årets højtider?

Det var de tanker, jeg gjorde mig den kolde december nat, mens jeg parkerede cyklen og viste skiltet til betjentene, så jeg kunne komme ind. En ting var sikkert – der ville ikke blive meget søvn til mig. Hvor havde Erik overhovedet fået den rædsomme ide at ringe til mig i stedet for en af de andre? Jeg er politiassistent, treogtredive år gammel, og jeg tager mig som regel bare af tyverier og svindel, meget mindre sager end den, jeg nu havde fået prakket på, fordi alle inspektørerne var på ferie.

Inden længe stod jeg foran Erik og rystede af kulde:

-Hej, Erik. Du ringede?

-Hej, Anders. Ja, som jeg allerede sagde, så er det mord. Nå, der kommer ligsynsmanden. Lad mig præsentere dig for ham.

-Davs med jer. Nå, er det så ham her, der skal tage sig af sagen denne gang?

-Ja, Harald. De andre er på ferie. Hvorfor er du forresten ikke det?

-Jeg skulle have været afsted i morgen tidligt, Erik, indtil du ringede og vækkede mig. Jeg hedder for resten Harald... Harald Bohr.

-Og jeg hedder Leif Anders. Leif Anders Pedersen. Rart at møde dig.

-Ja, i lige måde. Skal vi få set på vores lig?

Vi gik langsomt over til det område, hvor offeret lå. Jeg siger "langsomt" for mens vi gik, sank vores fødder ned i det tykke lag sne, der voksede støt. Den attraktion, vi havde kurs efter, var et lille tog for børnene. Jeg følte et stik af sørgmodighed, fordi jeg huskede, at da jeg kom her som barn, elskede jeg det lille tog over alt andet.

-Det er en kvinde!

-Harald, selv vi kan se, det er en kvinde.

-Ja, jeg skulle bare lige se, om I var vågne.

-Det er godt med dig. Siger liget dig ellers noget?

-Jo, naturligvis, mine herrer. Lad os nu se... dødstidspunktet vil være svært at afgøre. Det har sneet længe, og temperaturerne er meget lave... hvis jeg skal give jer mit bedste skud, så har liget sandsynligvis ligger her i over to timer... kroppen er helt gennemkold allerede.

-Nå, men kan du have din rapport klar i morgen og så få den videre til Anders?

-Mig?

-Ja, dig. Er det et problem, Anders?

-Nej, overhovedet ikke.

-Godt.

-Dødsårsagen skulle være nogenlunde let at finde frem til. Det ser ud til, at maven er skåret åben, og at hun blev efterladt her, efter hun blødte ihjel.

-Forfærdelig måde at dø på.

-Har hun nogen form for identifikation på sig?

-Jeg beklager, at oplysningerne i din første sag som inspektør er så mangelfulde, Leif, men nej, der er ingen dokumenter, der kan fortælle os, hvem hun er.

-Harald, nu skal du ikke tage modet fra ham. Det er ikke noget problem. Vi udsender en bekendtgørelse for at give sagen offentlig opmærksomhed, indtil der før eller siden er nogen, der snakker.

-Jeg kan sige dig, at hun sandsynligvis var til aftenfest eller kaffebord, før hun døde. Det tøj, hun har på, er ikke beregnet til kulden.

- Tak skal du have, Harald. Er du klar, Anders?

-Ja, jeg kommer nu. Det var hyggeligt at møde dig, Harald.

-I lige måde. Held og lykke med det, Leif. Du får brug for det.

-Tak.

Og sådan gik det til, at jeg mødte Harald Bohr, som var et sted mellem tredive og fyrre år gammel.

Erik spurgte mig, hvad jeg nu havde til hensigt at gøre. Jeg foreslog, at han kunne gå i seng begynde at spørge sig for på de lokale restauranter den næste morgen.

Vi skiltes og gik hver til sit, jeg til min cykel og han mod sin bil.

2. kapitel

Den næste morgen tog jeg mig god tid til at komme ud af sengen. Jeg havde ikke ligefrem travlt med at komme i gang med gårsdagens sag. Så snart jeg var færdig med morgenmaden, var jeg på vej. Klokken var allerede otte. Jeg hoppede på cyklen og kørte direkte til politistationen.

Takket være cykelstierne, som jeg kunne følge hele vejen, tog det ikke lang tid, før jeg var der.

Da jeg parkerede min cykel foran politistationen, så jeg Agnete, som havde vagt den morgen. Jeg hilste kort på hende.

-Godmorgen, Agnete. Hvordan går det med Angus?

-Godmorgen, Leif. Ikke så godt, han er desværre syg. Vidste du, at vi kommer sammen?

-Tja, det tror jeg alle og enhver, der arbejder her på stationen ved!

-Er det rigtigt? Det anede vi ikke. Du er den første, der har sagt noget. Nå, men Erik venter på dig på sit kontor sammen med Harald.

-Okay, tak.

Erik venter på mig på sit kontor? Og han er sammen med Harald? Hvad vil de mig? Måske har de fundet ud af noget? Jeg gik til Eriks kontor. Da jeg kom inden for døren, så jeg dem – de sad begge. Erik sad bag sit skrivebord og Harald i en af stolene foran skrivebordet. Erik rejste sig og talte lavmælt til mig.

-Nå, er du her endelig! Vi har ventet utålmodigt, bare for at du ved det.

-Jamen... Jeg kommer for tidligt! Jeg begynder klokken halv, og den er kun 8.15!

-Lad mig give dig et godt råd, Anders. Når der har været mord, prøver man på at fange morderen så hurtigt som muligt, før man finder flere ofre i sneen.

-Erik har ret, Leif.

-Okay, okay. Det må du meget undskylde. Jeg skal nok komme tidligere fra nu af.

-Ja, det ville være bedst. Nå, for det første kan du bare tage mit skrivebord indtil videre, i hvert fald til du er færdig med efterforskningen.

-Jeg vil hverken ulejlige eller være i vejen for nogen.

-Nej, nej, det er dig, der står for efterforskningen denne gang. I går dirigerede du trafik nede ved den lille havfrue, og i dag er du politi inspektør, og jeg er bare et nul.

-Okay, nu skal du ikke ærgre dig, Erik.

Han rejste sig og satte sig i stolen ved siden af Harald. Jeg satte mig på hans plads. Han begyndte at tale med mig om sagen:

-Okay, Anders. Det blev ikke engang nødvendigt at sætte plakater op. Kvinden blev meldt forsvundet af sin datter. Hun kom for at mødes med Harald for cirka en halv time siden og identificerede liget.

-Så har vi altså alle de nødvendige oplysninger om hende?

-Ja, stort set.

-Hvad hedder hun så?

-Helveg. Mettelise Helveg, gift Rasmussen. Hun er 35 år gammel. Hun har en datter, der er femten.

-Helveg?

-Jeg ved, det navn minder dig om noget, Leif. Jeg var selv overrasket, da jeg hørte det.

-Nærmere bestemt er hun Spelmans datter.

-Ja, nu kan jeg godt huske det. Den sag er 20 år gammel. Jeg tror jeg var 13 på det tidspunkt.

-Klaus Spelman, officer for nazisterne i anden verdenskrig – han var ansvarlig for drabene på hundredvis af jøder, der boede i Danmark.

-Og derfor tog datteren sin mors ungpigenavn….

-Nemlig. Spelman forsvandt lige efter krigen og er eftersøgt for krigsforbrydelser.

-Jaså. At finde denne morder vil være som at finde en nål i en høstak.

-Hvorfor det, Anders?

-Det giver næsten sig selv!

-Jeg er bange for, at det slet ikke er så indlysende for mig. Forklar, Anders.

-Okay, Erik, okay. Jeg ser sådan her på det - Spelman har sikkert dødsdømt en eller anden, vedkommende havde børn, og nu er der en af de børn, der ville have hævn, og har dræbt Spelmans egen datter.

-Det er slet ikke så tosset. Det er ikke umuligt.

-Vær du bare forsigtig Erik, han ender med at snuppe jobbet fra dig.

Efter Haralds bemærkning begyndte de to mænd at grine – jeg var ikke helt sikker på hvorfor. I næste øjeblik hørte jeg nogen nyse ude i gangen. Hvem ville komme syg på stationen? Pludselig svang døren åben, og der stod Angus!

-Angus!

Han virkede overrasket, da vi allesammen råbte hans navn i munden på hinanden. Jeg så nærmere på ham – han havde politiets vinteruniform på sammen med et stort rødt halstørklæde om halsen!

-Hej. I gjorde mig helt forskrækket!

-Hvad laver du her, Angus? Agnete fortalte os, at du var syg.

-Tjoh, øh, jeg er faktisk syg, men jeg bestemte mig til at komme på arbejde.

-Tåbe! Er du ude på at tage livet af dig selv?

-Nåh, nej, nej, bare roligt.

-Okay, har du noget at fortælle os?

-Ja, Agnete fortalte mig, at I var midt i en efterforskning, og hun bad mig om at fortælle jer, at vi fandt den bar, den dræbte var i, før hun døde.

Jeg forlod politistationen og tog til den bar, Angus havde udpeget. Den pågældende bar lå kun nogle få minutter fra Tivoli. Jeg udspurgte barmanden.

-Goddag, jeg er inspektør Leif Anders Pedersen fra politiet. Var det dig, der serverede drinks her i aftes?

-Ja, det er det som regel.

-Godt nok. Kan du fortælle mig, om den her kvinde var her i aftes?

-Hmm… vent… Det tror jeg nok… Jeg ringer lige til min kone, hun vil kunne sige det med sikkerhed. Vil du have noget at drikke i mellemtiden?

-Jo, mange tak. En kaffe med birkes.

-Min specialitet. Værsgo'.

Jeg spiste den lækre smørbirkes og drak min kaffe. Det varede ikke længe, før bartenderens kone dukkede op og fortalte mig, hvad hun vidste.

-Der er ingen tvivl om, at den dame var her i aftes. Men hun var ikke alene.

-Var hun ikke?

-Hun var sammen med en mand og en anden kvinde.

-Jamen mange tak. Hvad skylder jeg dig for min kaffe og birkes?

-60 kroner.

-Lige et øjeblik. Værsgo'.

-Det er fint. Farvel og tak!

60 Kroner! Billigt for kaffe og en smørbirkes – især for en bar nede midt i byen. Kort sagt vidste vi nu, hvor hun var, før hun døde, og at hun ikke var alene. Nu skulle vi finde ud af,

hvem de to mennesker, hun var sammen med,
var.

3. kapitel

Jeg bad Erik om at bringe Mettelises familie ind på politistationen, bare for at se, om de havde noget at bidrage med til efterforskningen.

Jeg hørte deres skridt ude i gangen.

-Godmorgen, hr. og frk. Rasmussen.

-Godmorgen, min herre.

-Godmorgen, unge mand. Er der nyt om mordet på min kone?

-Nej, ikke endnu. Det er derfor, jeg har bedt dig om at komme. Bartenderen på den bar, hvor hun var i aftes, fortalte os, at din kone var sammen med en mand og en kvinde.

-I aftes? Ja, jeg var sammen med min kone, Mettelise.

-Og den anden kvinde?

-Jeg ved det ikke.... Mettelise præsenterede hende for mig som en gammel ven fra skolen.

-Okay! Du ved vel ikke tilfældigvis, hvad hun hedder?

-Nej, hun fortalte mig ikke sit navn.

-Er der andet, du kan huske fra i aftes?

-Min kone gik med sin veninde. Mettelise sagde til mig, at jeg bare skulle gå i seng, og at hun ville komme sent hjem.

-Hvilken vej gik de?

-Mod Tivoli. Det er det mærkelige ved det - Tivoli er ikke engang åbent i december.

-Det har du ret i. Et spørgsmål mere, bare for at være sikker.... Hvordan kunne din kone ende midt i Tivoli?

-De må vel være klatret over hegnet....

-Hmm, det kan man normalt sagtens.... Men med et lig på slæb... nå, tak for hjælpen, Hr. Rasmussen. Farvel, frøken.

De to pårørende forlod mit kontor. Jeg satte mig til at tænke. Det var et virkelig godt spørgsmål – var kvinden, der var med Mettelise Helveg, den samme person, der myrdede hende? Men hvordan kunne hun have fået liget ind i Tivoli? For at finde et svar på de spørgsmål, skulle der efterforskes noget mere....

Hvorfor ikke undersøge familien? Det ville være let nok at efterforske Spelman... Jeg måtte finde ud af, hvad man vidste om ham, før han flygtede, og hvad han var så almindeligt kendt for....

4. kapitel

En af byens aviser havde utallige artikler i sine arkiver om det, jeg var interesseret i. Spelman sagen havde oprørt danskerne så meget, at de fleste af aviserne i den måned, sagen varede, oplevede betydelige stigninger i salg.

Der var artikler om en forholdsvis stilfærdig mand, der forfulgte en karriere inden for det nazistiske militær og blev meget kendt under anden verdenskrig. Han blev derefter forfremmet til officer og fik tildelt et job i en udryddelseslejr. Mange mennesker, der blev sendt dertil herfra, kom aldrig tilbage i live.

Min forskning bragte mig til den konklusion, at antallet af mistænkte var begyndt at blive uhyrligt stort.

Den eneste besynderlige detalje, der overraskede mig, var, at Spelman havde to døtre.

Den myrdede kvinde var uden tvivl Mettelise Helveg, som i sin tid hed Mettelise Spelman. Derfor måtte hun have en søster... men hvor var hun? Ifølge personregistret var hun to år ældre end Mettelise.

Skulle jeg informere den afdødes mand?

Jeg tog telefonen frem og indtastede hans nummer....

"-Hallo. Det er mig igen, inspektør Leif Anders Pedersen.

-Åh ja, den unge mand, der står i spidsen for efterforskningen. Er der noget nyt?

-Måske. Vidste du, at din kone havde en søster?

Et øjeblik fik jeg indtryk af, at forbindelsen var blevet afbrudt, da en tung stilhed lagde sig mellem os.

-Hr. Rasmussen? Er du der?

-Nej, det vidste jeg ikke. Ved du, hvad hun hedder?

-Nej, det er ikke i vores arkiver... Det ser ud til, der er nogle dokumenter, der mangler.... Tror du den kvinde, der var sammen med din kone i aftes.... Undskyld jeg spørger....

-Måske, nu når du siger det. De lignede faktisk hinanden ret meget, men jeg tænkte ikke umiddelbart over det.

-Kunne du beskrive hende for mig?

-Tja... hun lignede meget Mettelise... lyst hår, blå øjne... ingen karakteristiske mærker, ikke noget særligt på hendes hænder eller ansigt....

-Endnu engang tak, Hr. Rasmussen. Jeg skal nok ringe, når jeg har nyt.

-Farvel og tak.

Han lagde på.

Jeg vendte tilbage til mit skrivebord, hvor jeg sad og hang med hovedet uden den fjerneste ide om, hvordan jeg skulle fortsætte efterforskningen. Pludselig ringede telefonen. Det var Harald.

-Hallo?

-Leif? Det er Harald. Jeg har nogle resultater, jeg vil vise dig. Kom over så hurtigt som muligt.

-Okay, Jeg er på vej.

5. kapitel

-Nå, hvad så?

-Nu skal du bare høre, jeg har en overraskelse....

-Nå da?

-Der var hudrester under ligets fingernegle. Jeg havde allerede bedt om en analyse af dem, og vi fik resultaterne af DNA analysen tilbage i dag.

-Det må jeg sige! Hvem er det?

-Gerda Nielsen, arresteret for salg af ulovlige produkter.

-Hvad skal det sige?

-Narkotika.

-Og hvad ellers?

-Tja... du kan selv se hendes straffeattest.... Den er på størrelse med bibelen!

-Ja, det kan jeg se....

Et hurtigt blik på straffeattesten overbeviste mig om, at Gerda Nielsen var alt andet end en engel.

-Godt, rigtig mange tak Harald.

-Det er helt i orden, Leif. Du må have det godt.

-Mange tak.

Da jeg forlod lighuset, var natten begyndt at falde på. Jeg besluttede mig til at tage hjem, men ombestemte mig, og cyklede til stationen, så jeg kunne tilbringe natten i Skamlebæk. Havluften og den landlige fred kunne måske hjælpe mig med at tænke.

Jeg kom til Skamlebæk to timer senere og gik straks en tur langs stranden, selvom det var koldt. Himlen var stjerneklar, men alligevel ret mørk, og jeg kunne høre bølgerne, der så gyldne ud, fordi de afspejlede månen.

Jeg satte mig på en sten og stirrede på havet i flere timer.

6. kapitel

Løsningen på gåden var enkel: Gerda Nielsen overfaldt Mettelise, og Mettelise forsøgte at forsvare sig ved at kradse Gerda. Det forklarede, hvordan Gerdas hud blev fundet under Mettelises negle.

Den følgende morgen måtte jeg tidligt op for at sikre, at jeg kom på arbejde til tiden.

Da jeg ankom på politistationen, så jeg, at det denne gang var Angus, der stod vagt ved indgangen. Han havde stadig det samme røde halstørklæde på, han havde gået med dagen før. Jeg hilste på ham.

-Hvor er Agnete?

-Hun er syg nu.

-Åh nej, da?

-Det er en grim forkølelse… vi tog ud og spise sammen i aftes, og det var kun to minutters gang fra vores lejlighed til restauranten…. Hun tog ikke frakke på, og nu er hun syg.

-Og ved du, hvorfor det er så tomt på stationen i dag?

-Ja, selvfølgelig! Det er den 25. december, hvorfor?

Han fik aldrig noget svar, for jeg var allerede gået. Den 25. december. Jeg havde fuldstændig glemt juleaften!

Jeg trampede som en gal i pedalerne i sneen og fandt endelig en kiosk, hvor jeg kunne købe postkort. Jeg købte et smukt kort af København om vinteren, dækket i sne. Så gik jeg på posthuset og sendte det ekspres, selvom jeg måtte betale i dyre domme for det.... Der var ikke noget pengebeløb der var vigtigere, end at min datter modtog kortet den næste morgen.

Efter denne kortvarige panikslagne aktivitet, vendte jeg tilbage til politistationen. Jeg bad Angus om at indkalde Gerda Nielsen til forhør… jeg havde også tid til at ringe til Hr. Rasmussen, før jeg talte med hende.

-Goddag, Hr. Rasmussen, vi har en mistænkt... kan du fortælle mig, hvordan den kvinde, der var sammen med din kone, var klædt?

-Meget let, en tynd jakke over en kjole... det må have været koldt.

-Mange tak, vi ses snart.

Så snart jeg lagde på, fik jeg besøg af Angus. Han havde talt med fru Nielsen, og han fortalte mig, at hun ville komme om tre-fire timer med sin mand, da hun kom fra Århus. Jeg bed mærke i afstanden.

7. kapitel

Da hun ankom på mit kontor, var jeg overbevist om, hvem Mettelises morder var: den kvinde, der stod over for mig.

Jeg vidste det på grund af den holdning, hun kom ind med, den sorgløse mine, de afslappede bevægelser.... Fru Nielsen virkede ikke den mindste smule nervøs.... Selv en person, der vidste at de intet havde gjort, ville stadig vise tegn på nervøsitet, hvis de blev indkaldt på politistationen – de ville bryde hovedet med, hvad det kunne være - en ubetalt bøde, en klage fra en nabo, en gammel overtrædelse, der var dukket op.... Men Gerda Nielsen viste inden nervøsitet overhovedet.

Hendes mand fulgte hende ind. Han viste til gengæld tydeligt, hvor nervøs han var. Han rystede en anelse, da han trykkede mig i hånden. Jeg gik lige til sagen.

-Fru Nielsen, hvor var du for to dage siden, den 23. december om aftenen, lillejuleaften?

-Lillejuleaften? Jeg var hjemme.

-Har du nogen, der kan bevidne det?

-Det kan min mand.

-Er det rigtigt, hr. Nielsen?

-Ja.

-Er der nogen andre, der kan bekræfte det?

-Nej.

-Okay. Kender du en kvinde, der hedder Mettelise Helveg-Rasmussen?

Det gav et næsten umærkeligt sæt i hende, da hun hørte navnet, men jeg lod som om, jeg ikke lagde mærke til det. Hun svarede.

-Nej, hvorfor?

-Hun blev myrdet om aftenen den 23.

-Åh nej, det er forfærdeligt.

I netop det øjeblik, bankede det på døren. Det var Angus.

-Jeg har lige noget til dig.

Han forlod kontoret, og jeg fulgte ham ud.

-Ja, Angus?

-Vi har fundet truende breve adresseret til fru Helveg-Rasmussen. Manden sværger på, at det er første gang, han har set dem.

-Ja så? Ved vi, hvem der har sendt dem?

-Nej, det er det, der er problemet... det ved vi ikke... men vi ved, at fru Helveg-Rasmussen flere gange have været i karambolage med en mand....

-Hvad hedder han?

-Jeg skal lige tjekke mine notater... her er det: Balduin Landrup.

-Hvad ved vi om ham?

-Ingenting.

-Ring til ham.

Dette nye spor betød, at jeg ikke kunne
færdiggøre forhøret af Fru Nielsen.

8. kapitel

Jeg bad Angus om at bringe hr. Landrup ind i et af forhørslokalerne. Han var nervøs. Vidste han noget?

-Godmorgen, hr. Landrup. Ved du, hvorfor du er her?

-Nej, men det vil du vel fortælle mig....

-Ja... kender du en vis Mettelise Helveg?

-Ja.

-Hvor kender du hende fra?

-Det var hendes fars skyld, at min far blev myrdet!

Han var vred.

-Har du først for nyligt fundet ud af det?

-Ja. Helt for nyligt.

-Og derfor er du gal på hende....

-Ville du ikke være det?

-Min bedstefar var i modstandsbevægelsen....

-Ja... det var min også.

Pludselig var han ikke længere nervøs. Hvorfor ikke?

-Så kan jeg altså stole på dig?

-Det må du jo selv afgøre....

Han tænkte i nogle få minutter, mens han så omhyggeligt på mig. Han fortsatte.

-Hun kunne vel fortælle os det, ikke? Fortælle os alle sammen, hvad hendes far har gjort!

-Nu forstår jeg. Så du opsøgte hende....

-Ja. Hun skulle give mig en forklaring. Jeg skulle vide hvorfor!

-Og så?

-Hun sagde, at hun var meget ked af det, men hun vidste ikke, hvad hendes far havde gjort, så der var ikke meget at sige.

-Så derfor myrdede du hende den 23. om aftenen?

-Hvad? Den 23. var jeg på bar med en gruppe venner indtil meget langt ud på natten. Det var en fødselsdagsfest for en ven, Markus....

-Omkring hvad tid?

-Øh... det tør jeg ikke sige. Men vi tog hjem til ham for at feste videre. Du kan selv tjekke. Underboerne kunne garanteret ikke sove....

-Okay, mange tak.

-Helt ærligt, skulle du se og få fat i Ulrik Sand. Han havde god grund til at slå Mettelise ihjel, og han er meget voldelig.

Han var uskyldig. Så snart jeg tjekkede hans alibi, beviste det, at han ikke løj. Underboen havde ringet til politiet omkring klokken 4 om morgenen, og da var Mettelise allerede død.

9. kapitel

Før jeg bragte hr. Sand ind, fandt jeg nogle oplysninger om ham og hans familie. Han havde overlevet nazisternes masseudryddelse af jøder, og selv om han ikke længere var ung, var han stadig stærk nok til at slå nogen ihjel.

Jeg bad ham om at indfinde sig på stationen så hurtigt som muligt, og det gjorde han. Da han ankom, var han i selskab med en dame.

-Godmorgen, hr. og fru. Sand....

-Det er fru Gravesen, faktisk – Jeg tog ikke min mands efternavn.

-Ja så... undskyld, fru Gravesen. Jamen, sæt jer endelig....

Jeg tror, jeg bør tage den erklæring, jeg kom med tidligere, lidt i mig igen – den måde, hvorpå hr. Sand sank ned i sin stol, overbeviste mig om, at han ikke længere var i stand til at slå nogen ihjel. Men hvad skulle de så her?

-Hr. Sand, hvor var du den 23. om aftenen?

-Den 23. om aftenen.... Tja, lad mig nu se....

Han havde ikke engang en god hukommelse!

-Jeg tror, jeg var hjemme....

-Alene?

-Åh nej da! Min kone er der altid!

Hun blandede sig i samtalen.

-Hans bror, Christian Sand, var der også. Han kan bekræfte det.

-Okay, mange tak. Lige en ting til – kender du en kvinde ved navn Mettelise Helveg?

-Ja, hvorfor?

-Jun er blevet myrdet....

-Åh nej, den stakkel!

-Har du fortalt hendes søster det?

Det var manden, der havde stillet spørgsmålet.

-Jeg leder efter hende.

-Det bliver ikke nemt. Hun tog navneforandring, efter hun begyndte at rose sin far offentligt. Det gav anledning til en del skarpe meningsudvekslinger, kan du nok forestille dig.

-Ja så? Og hvilket navn bruger hun nu?

De to svarede i munden på hinanden.

-Gerda Nielsen! Hr. Nielsens kone.

Efter en kort pause fortsatte de.

-Men du burde virkelig spørge Inga Rieper.

-Hvorfor det?

-Hun havde ingen respekt for Mettelise. Hun stak hende engang en lussing, vi så det selv.

-Ser man det. Jamen mange tak. Farvel.

-Farvel inspektør, og mange tak.

Og så gik de.

10. kapitel

Jeg tilbragte det meste af dagen med at afhøre vidner og folk, der kunne have haft grund til at begå mordet. Jeg tog en sen frokost og gik ned på en lille restaurant.

Fra menuen valgte jeg et stykke smørrebrød med røget laks, en portion frikadeller, og til dessert smørkage med frugt ("vilde" brombær, som der stod på menuen).

Og til at drikke, en Schweppes.

Regningen var lidt pebret, næsten 300 kroner, men siden det var juledag, kom det ikke som den store overraskelse.

Jeg vendte tilbage til politistationen efter min middagspause og begyndte at søge efter Angus. Jeg søgte forgæves, for han var allerede gået hjem. I stedet var Agnete ankommet, så jeg talte med hende i stedet for.

-Undskyld, Agnete, ved du, hvor Angus er?

-Han tog hjem. Han er syg igen.

-Der kan man se. Vil du ikke godt kalde fru Inga Rieper ind for mig?

-Jo, selvfølgelig.

-Tak skal du have.

Agnete ringede til mig en halv time senere og spurgte mig, om hun skulle bringe fru Rieper ind, eller om hun skulle vente. Jeg sagde til hende, at hun bare skulle bringe hende ind.

-Goddag, fru Rieper. Sæt dig endelig.

-Goddag. Mange tak. Hvorfor er jeg her?

-Der er vidner, der har set dig give fru Helveg en lussing.

-Hvad så? Det er vel ikke kriminelt?

-Det er ikke det, men den person, du slog, blev fundet død, så det giver jo anledning til et spørgsmål eller to.

Jeg kunne se, hun rystede lidt.

-Så tror du måske, jeg har slået hende ihjel? Hvornår døde hun?

-Den 23. om aftenen.

-Det var da godt, den grimme....

-Hvad har hun gjort dig?

-Det er personligt.

-Hvor var du om aftenen den 23.?

-Hjemme sammen med min kæreste.

-Har du hans telefonnummer?

-Ja, her er det.

Hun gav mig en lille lap papir, og jeg ringede til kæresten, der bekræftede, at hun var sammen med ham på mordaftenen.

-Du burde tale med fru Nielsen.

-Hvorfor burde jeg det?

-Gerda Nielsen var meget vred over, at Mettelise ikke ville kendes ved sin far. På grund af det, ville Mettelise heller ikke have noget med Gerda at gøre. Men hun insisterede.

-Nå så?

-Ved du ikke det?

-Hvad?

-Gerda er Mettelises søster.

Selv om det lød rigtigt nok, og det var anden gang i dag, jeg havde hørt det, skulle fru Riepers påstand alligevel tjekkes, før jeg kunne tage den i betragtning.

-Hun har et alibi.

-Gerda? Ja, det er vel hendes man, ikke?

-Ja.

-Hun slog hende ihjel. Det er en skam. Men nå.

Og der var jo beviser! Jeg havde stadig DNA fra under Mettelises negle, det kunne jo løse det hele.

-Jamen mange tak, fru Rieper. Og god dag til dig.

-Velbekom dig, inspektør, og i lige måde.

Så gik hun.

11. kapitel

Da fru Nielsen kom til politistationen havde hun smidt et engangslommetørklæde i papirkurven. Jeg tog det forsigtigt ud og gav det til laboratoriet og bad dem om at analysere den DNA, der var på det. Det stemte overens og bekræftede derfor den første DNA test. Der var ingen tvivl om, at fru Nielsen havde været i kontakt med Mettelise den dag, det beviste huden under hendes negle, men det beviste ikke, at hun havde myrdet hende. Jeg havde brug for noget mere overbevisende.

Da jeg vendte tilbage til gerningsstedet, lagde jeg mærke til noget, jeg ikke havde set første gang. Der lå en bank på vejen mellem Tivoli og baren – og den havde et kamera, der pegede i retning af forlystelsesparken.

Efter at have set overvågningsvideoer fra mordaftenen, fandt jeg en med lige den rigtige synsvinkel til at se, hvad der foregik på gaden.

Og hvem så jeg, meget sent om aftenen, komme forbi på gaden? Mettelise båret af Gerda Nielsen og hendes mand. De havde begge løjet.

12. kapitel

Fru Nielsen gjorde meget mere modstand, end jeg havde forventet. Hun insisterede på det kraftigste, at hun ikke havde gjort noget forkert, at videoen fra kameraet var forfalsket, og at hun kun havde set Mettelise tidligere den dag.

Jeg havde en løsning: Jeg ville afhøre hendes mand. På trods af, at han havde travlt med at løse andre sager, kom Erik for at hjælpe mig.

Hr. Nielsen tilstod efter en halv time. Hans sagfører kunne (heldigvis) ikke forhindre ham i det, og han gav os en klar og utvetydig tilståelse. Gerda slog Mettelise ihjel, fordi hun hverken ville have noget med Gerda eller sin far at gøre. Mettelise ville overhovedet ikke kendes ved sin far, og var flyttet for at undgå at bo i familiens hjem. Hr. Nielsen indrømmede også, at han hjalp sin kone med at give Mettelise et bedøvende middel, men at hun havde strittet imod og havde kradset Gerda. Hr. Nielsen havde også hjulpet med at smide hende over hegnet, så de kunne skaffe sig af med hende inden i parken. Så gik han derfra, men hørte et lille skrig fra Mettelise. Han vidste ikke, hvordan hun døde, men han var rædselsslagen, da vi viste ham billederne.

Jeg vendte tilbage til lokalet ved siden af, hvor Gerda var, og henvendte mig igen til hende.

-Din mand har tilstået. Har du noget i mod at se på de her billeder?

Hun så på dem uden at reagere. Hun havde kun en ting at sige.

-Hun fortjente det.

Hun havde endelig tilstået. Jeg kaldte Agnete ind og bad hende om at lægge dem i håndjern, og så så jeg pludselig Angus igen.

-Angus?!?

-Hej, Leif. Jeg venter bare på Agnete. Vi skal ud og spise med resten af stationen. Vil du med? Den står på kransekage!

-Ja, så pyt da, jeg skal bare lige hente frakken.

Efterforskningen af min første mordsag endte med en dejlig middag blandt kolleger, efterfulgt af en vidunderlig kransekage.

Radioen spillede en sang fra vores svenske naboer, **ABBA**. De sang "Happy New Year", og vi kunne ikke lade være med at synge med. Glædelig jul og godt nytår!

No more champagne
And the fireworks are through
Here we are, me and you
Feeling lost and feeling blue
It's the end of the party
And the morning seems so grey
So unlike yesterday
Now's the time for us to say...

Happy new year
Happy new year

May we all have a vision now and then
Of a world where every neighbor is a friend
Happy new year
Happy new year
May we all have our hopes, our will to try
If we don't we might as well lay down and die
You and I

Sometimes I see
How the brave new world arrives
And I see how it thrives
In the ashes of our lives
Oh ja, man is a fool
And he thinks he'll be okay
Dragging on, feet of clay
Never knowing he's astray
Keeps on going anyway...

Happy new year
Happy new year
May we all have a vision now and then
Of a world where every neighbor is a friend
Happy new year
Happy new year
May we all have our hopes, our will to try
If we don't we might as well lay down and die
You and I

Seems to me now
That the dreams we had before
Are all dead, nothing more
Than confetti on the floor
It's the end of a decade
In another ten years' time
Who can say what we'll find
What lies waiting down the line
In the end of eighty-nine...

Happy new year
Happy new year
May we all have a vision now and then
Of a world where every neighbor is a friend
Happy new year
Happy new year
May we all have our hopes, our will to try
If we don't we might as well lay down and die
You and I

*(Tak til **ABBA** for sangen og godt nytår til alle)*

Epilog

Efter julefesten med kollegerne fra stationen tog jeg hjem. Jeg cyklede gennem byens gader, som nu lå helt øde, og det var så koldt, at min hud føltes brændende hed. Så snart jeg kom hjem, tog jeg noget mere behageligt tøj på. Det var dejligt at være hjemme, hverken for varmt eller for koldt.

Da jeg allerede havde spist, gik jeg på hovedet i seng. Det var det ikke værd at prøve at udrette mere i aften.

Den følgende dag stod jeg meget tidligt op, kastede et blik ud af vinduet og så, at det sneede. Det var smukt! Sneen falder fra himlen og dækkede alt med et koldt, tykt, hvidt dække.

Siden jeg ikke havde mere at gøre i København, bestemte jeg mig til at pakke en lille kuffert og tilbringe resten af ferien i Skamlebæk.

Jeg ville også prøve noget nyt – at cykle fra København til Skamlebæk. Jeg havde aldrig gjort det før, men det virkede som en god ide. Det var kun en strækning på omkring 90 km. Lidt under to timer i bil, og sikkert omkring dobbelt så meget på cykel. Hvorfor ikke?

Jeg lavede mig nogle rugbrødsmadder med pålæg og lagde dem i rygsækken med en flaske vand. Så sørgede jeg for, at alt var i orden med cyklen, og tog en regnfrakke på, så jeg ikke ville blive gennemblødt, hvis det begyndte at regne.

Så tog jeg selvlysende vest og hjelm på, lukkede og låste døren til min lejlighed, og gik ned ad trappen og steg på cyklen.

Københavns gader begyndte at rulle forbi mig. Jeg tog min smartphone op ad lommen for at finde den hurtigste vej ud af byen og det gik op for mig, at jeg havde meget lidt batteri tilbage. Jeg sluttede den til en lille oplader, jeg havde på cyklen (to dynamoer på hjulene) og satte mobilen i den lille plastikholder, jeg havde til formålet.

Der var meget få mennesker på vejen. Det føltes som om, byen var forladt, og jeg praktisk talt var alene.

Kort efter forlod jeg København og befandt mig i forstæderne. Jo længere, jeg cyklede, jo mere plads blev der mellem husene, til jeg befandt mig helt ude på landet. Fra det punkt kom jeg bare til en landsby fra tid til anden.

Jeg valgte at cykle ad de små veje på trods af alt det sjap, der dækkede dem, fordi det virkede mere sikkert, da der var mindre risiko for at komme i karambolage med en bil.

Jeg betragtede landskabet, mens det gled forbi. Himlen var grå. Jorden var hvid af sne. Fra tid til anden så jeg brune pletter på jorden under træer, hvor der ikke var faldet sne.

Efter endnu nogle kilometer havde jeg for længst lagt hovedstaden bag mig, og jeg besluttede mig til at standse i Roskilde og få mig et lille hvil og en af mine mellemmadder.

Jeg cyklede ind i Roskilde by, godt 30 kilometer fra København, og søgte efter et sted, hvor jeg kunne sætte cyklen. Så satte jeg mig på en bænk ved Roskilde Domkirke. Det er her, de fleste af det danske kongeriges konger og dronninger er blevet begravet over de seneste 600 år. Før den nuværende katedral blev bygget, lå der en af træ.... Det er et meget betydningsfuldt sted for danskerne.

Efter en god pause, steg jeg på cyklen igen og var på vej. Jeg var allerede mere end halvvejs til Holbæk.

Landskabet rullede igen forbi mig. Træer, rullende bakker. Det var om at se sig for, for der var masser af vejsving, men før jeg nåede at tænke over det, var jeg allerede i Holbæk. Nu manglede jeg bare sidste etape til Skamlebæk. Jeg standsede ved købmanden og købte noget mad, og så gik det afsted igen. Om under to timer ville jeg være hjemme.

Det var allerede mørkt, da jeg rullede ind i Skamlebæk. På en eller anden måde lykkedes det mig at låse døren til mit hus op i mørket, jeg satte min cykel om i haven og lukkede døren. Så lagde jeg min kuffert i soveværelset og ryddede maden væk i køkkenet.

Siden jeg var træt og ikke havde lyst til at lave mad, spiste jeg bare den mellemmad, jeg havde tilbage fra tidligere.

Så tog jeg pyjamas på, gjorde mig klar til at gå i seng, og lagde mig og prøvede på at falde i søvn. Det ville blive en lang nat....

Den næste morgen stod jeg op og så ud ad vinduet – det var stadig mørkt. Jeg så på uret, og klokken var ikke engang 7 om morgenen. Jeg spiste morgenmad, klædte mig på, og gik en tur ned til vandet. Jeg gik mod Nykøbing og besluttede mig efter en halv time til at vende om og gå tilbage mod huset.

Min ferie var for alvor begyndt....

Forfatterens biografi

Leif Pedersen er født i Bruxelles den 26. juni 1997. Han tilbringer de første seks år af sit liv i Bruxelles, hvorefter han flyttede til Alicante (Spanien), da hans far bliver diagnosticeret med kræft.

Som barn begynder han at skrive, og i en alder af seks år tegner og skriver han tegneserier, hvor hovedpersonen er en snemand.

Han vinder to gange en skriftlig konkurrence i grundskolen.

Mellem 2008 og 2010 begynder han at skrive længere tekster. To bind om hans karakter Nakubo med titlerne "A Lucky Scientific" og "The Conquest of the Himalaya" er fra denne periode.

En det er ikke før hans engelsklærer arrangerer en skriftlig konkurrence baseret på billider, at han for alvor kommer i gang med sin forfatterkarriere.

Som 14-årig begynder han at skrive sin første kriminalroman, som finder sted i Danmark, hvor hans far er fra. Han gør først denne roman færdig et år senere på grund af manglende inspiration.

Samtidig lider hans far igen af kræft. Kræften og den senere forværring af hans fars helbred ændrer hans liv, og Leif bliver dybt berørt af det.

Hans far dør i 2013.

I oktober 2013 skriver han på bare en måned "The U Nucleus", andet bind i hans serie"Politiinspektør Leif Anders Pedersen". I dette bind reflekterer forfatteren en del over sin egen smag og inspiration, ligesom han også introducerer elementer fra sit eget liv, som for eksempel, at ofrets navn er det samme som hans fars.

I november 2013 lægger han sidste hånd på "Swedish Murders in Christianshavn", som ifølge forfatteren ikke kunne måle sig med kvaliteten af hans foregående værk, "The U Nucleus".

Han begynder at udgive sine manuskripter gennem **DRSC Publishers**.

På dette tidspunkt lider forfatteren af hukommelsestab, der forhindrer ham i at skrive sine værker ad én omgang, da han er nødsaget til at skrive detaljerne ned for at kunne huske, hvordan historien udfolder sig.

I 2014 dør hans farmor, og Leif føler, at hvert eneste af hans bånd til Danmark er blevet brudt.

I sommeren 2014 gør han det fjerde bind af serien "Politiinspektør Leif Anders Pedersen". **DRSC Publishers** foreslår, at han skal rette dele af teksterne som følge af nogle huller og manglende sammenhæng.

Spørgsmål&svar om værket

Når man læser bogen, opstår der nogle spørgsmål:

Er forfatteren og hovedpersonen en og samme person? Nej, Leif Anders Pedersen er rent faktisk hans farfar.

Eksisterer Holbæk? Ja. Byen ligger i Danmark, og det er der familien Pedersen kommer fra.

Og Skamlebæk? Ja. Skamlebæk eksisterer også. Familien Pedersen har en ejendom der.

Hvad med historien? Er den sand? Forfatteren har forsøgt at holde sig så tæt som muligt til de oprindelige oplysninger og har forsøgt at afspejle virkelige hændelser nøjagtigt.

Andre bøger fra DRSC Publishers:

På engelsk:

1. V.1 Red snow at Tivoli (Inspector Leif Anders Pedersen, *Leif Pedersen, 2014*)
2. V.3 Murders in Christianshavn (Inspector Leif Anders Pedersen, *Leif Pedersen, 2015*)
3. V.1 Another case for Inspector James (Inspector James, *Charles Müller, 2013*)
4. V.2 A body under London Bridge (The duck and the body) (Inspector James, *Charles Müller, 2013*)
5. V.3 Unsolved case (Inspector James, *Charles Müller, 2015*)
6. V.4 Guinness' murderer (Inspector James, *Charles Müller, 2015*)
7. Murders in London: 2 cases for Inspector James (Inspector James, *Charles Müller, 2013*)
8. Murders in London 2: 2 New cases for Inspector James (Inspector James, *Charles Müller, 2015*)
9. The invasion of Denmark and the Danish Resistance during WWII (*Niels Jensen, 2014*)

10. Norway's Labour Market and *The Oil Fund* (*Niels Jensen, 2014*)

På spansk:

1. T.1 Noche sangrienta en el Tívoli (Inspector Leif Anders Pedersen, *Leif Pedersen, 2014)*
2. T.3 El asesino de Christianshavn (Inspector Leif Anders Pedersen, *Leif Pedersen, 2014)*
3. La invasión de Dinamarca y la Resistencia danesa durante la Segunda Guerra Mundial*(Niels Jensen, 2015)*

På fransk:

1. T.1 Meurtre à Tower Hill (Les enquêtes de l'Inspecteur James, *Michael Martin, 2013*)
2. T.1 Nuit blanche au Tivoli (Inspecteur Leif Anders Pedersen, *Leif Pedersen, 2013*)
3. T.2 Le Noyau U (Inspecteur Leif Anders Pedersen, *Leif Pedersen, 2014)*
4. T.3 Meurtres à la suédoise *(L'assassin de Christianshavn)* (Inspecteur Leif Anders Pedersen, *Leif Pedersen, 2014*)

5. T.1 Un scientifique chanceux (Nakubo, *Leif Pedersen, 2015*)
6. T.2 Himalaya, conquis ! (Nakubo, *Leif Pedersen, 2015*)

På italiensk:

1. L'invasione della Danimarca e la Resistenza Danese durante la Seconda Guerra Mondiale (*Niels Jensen, 2015*)
2. Notte di sangue al Tivoli (L'ispettore Leif Anders Pedersen, *Leif Pedersen, 2015*)

På svensk:

1. Invasionen av Danmark och det danska motståndet under andra världskriget *(Niels Jensen, 2015)*

På norsk:

1. Invasjonen av Danmark og den Danske Resistansen under Andre Verdenskrig *(Niels Jensen, 2015)*

<u>På dansk:</u>

1. Invasionen af Danmark og den danske modstandsbevægelse under Anden Verdenskrig *(Niels Jensen, 2015)*

<u>På nederlandsk:</u>

1. De invasie van Denemarken en het Deense Verzet tijdens Wereldoorlog II *(Niels Jensen, 2015)*

Printed by CreateSpace, An Amazon.com Company